Albert Ilg

Prinz Eugen von Savoyen

als Kunstfreund

Albert Ilg

Prinz Eugen von Savoyen
als Kunstfreund

ISBN/EAN: 9783743379015

Hergestellt in Europa, USA, Kanada, Australien, Japan

Cover: Foto ©Raphael Reischuk / pixelio.de

Manufactured and distributed by brebook publishing software (www.brebook.com)

Albert Ilg

Prinz Eugen von Savoyen

IHRER DURCHLAUCHT

DER HOCHGEBORNEN FRAU FÜRSTIN

MARIE zu HOHENLOHE-SCHILLINGSFÜRST

IN TIEFSTER EHRFURCHT

GEWIDMET

So reichhaltig auch die Literatur über Österreichs größten Heerführer ist, so ausgezeichnete Werke über Eugen auch bereits vorliegen, so fehlt doch noch immer eine gründliche Beleuchtung seines Wirkens als Freundes der Wissenschaft und der Kunst, — Richtungen, in welchen sich der Unsterbliche kaum weniger bedeutend erwies wie als Staatsmann und Stratege. Die vorhandenen Arbeiten, wenn sie nicht schon von vornherein nur rein militär-wissenschaftlichen Gepräges sind, schildern den Helden entweder bloß wie er im Rahmen der allgemeinen politischen Zeitgeschichte erscheint, oder wenn sie schon mehr nur ein biographisches Gemälde liefern wollen, so geht doch unser Gegenstand darin neben dem Übrigen ziemlich leer aus. Höchstens wird in einem kurzen Abschnitte über das Allgemeine und Althergebrachte von seinen Palästen, von seiner Kupferstichsammlung, in der Regel mit stets denselben Irrthümern, etwas Dürftiges mitgetheilt. Es ist das ganz natürlich. Selbst die gründliche Leistung Arneths, zum erstenmal des Prinzen Leben auf der Basis urkundlicher Forschung objectiv kritisch behandelnd, musste sich im kunsthistorischen Capitel auf unsere veraltete Literatur allein stützen; Urkundenforschung im Gebiete der österreichischen Barockperiode ist ja eine Sache, die erst ein Vierteljahrhundert nach Vollendung jenes sonst vortrefflichen Werkes sich ans Licht wagte.

Auch ich aber bin heute nicht im Stande, das Gewünschte und sicherlich höchst Wünschenswerte wissenschaftlich genügend zu leisten; meine vielfachen Studien sind zwar zahlreichen Künstlern gewidmet, welche mit Eugen zu thun hatten, ihn selber jedoch als Hauptperson in dieser Beziehung habe ich mir bisher nicht speciell erkoren. Meine Forschungen brachten mir aber bis zur Stunde doch schon so reiches Material, dass ich, wenn auch nicht auf streng wissenschaftliche Weise, so doch im Rahmen einer populären Abhandlung es wagen zu dürfen vermeine, den Freunden jener herrlichen Zeit ein etwas klareres Bild von dem Kunstliebhaber Eugen je entworfen, als bisher es möglich gewesen. Und weiters dürften gerade die Lücken meiner Darstellung auch andere anregen, dem vernachlässigten Gegenstand von nun an Eifer und Interesse zuzuwenden, wie er es gewiss reichlich verdient.

Wenn man das Gesammtbild des großen Kunstfreundes Eugen ins Auge fasst, so ergibt sich schon zu allem Anfang eine dunkle Partie und damit für die Erkenntnis eine Schwierigkeit. Wir sehen den Helden in der Zeit seines Mannes- und Greisenalters von einer Kunstliebe beseelt, welche Außerordentliches schafft und nicht so einfach bloß mit der zu jener Zeit bei den Großen **allgemeinen** Prachtliebe zu erklären ist. Eugens Maecenatenthum floss nicht aus der herrschenden Mode, nicht aus dem *noblesse oblige*, ist keine Consequenz der Tradition allein, sondern dieser Eifer, diese Begeisterung für die Künste saß bei ihm tiefer — von der Wissenschaft, welche dem Freunde eines Leibniz, eines Gravesande etc. ein nicht minder frisches Lorbeerreis widmet, haben wir hier nicht zu sprechen. Alles, was der Prinz entstehen ließ, zeigt den denkenden, den ernsten Kunstfreund. Groß wie in allem, was er dachte, gab er auch mit seiner Kunstliebe ein Beispiel für das Ganze, für Staat und Gesellschaft, das *utile* weise dem *dulce* gesellend, denn seine Bauten, seine Gärten, seine Sammlungen wurden berühmt und regten zur Nacheiferung wohlthätig an. Die Sorgfalt, der Aufwand und die ernste wissenschaftliche Anordnung

seiner herrlichen Kupferstichsammlung lieferte allein schon
schlagend den Beweis, dass hier kein Dilettant, kein Mode-
sammler vor uns steht, sondern ein ernster, gründlicher Mensch,
dem die edle Kunstliebe Herzenssache war. Eugen war kein
bloßer vornehmer Herr, der nur große Summen bestimmte, um
prachtvolle Gebäude, kostbare Gemälde entstehen zu lassen —
er wählte sich seine Meister selbst mit feiner Kenntnis und
großer Umsicht aus, er besuchte sie fortwährend bei der Arbeit,
er nahm Einfluss auf deren Fortgang und durchdrang sie mit
seinem großen Geiste, wie er es bei seinen Kriegern auf den
Schlachtfeldern that. Und zu dem Allen fand der ruhige Kopf
Zeit und Stimmung mitten unter dem Wirrsal schwieriger
Staatsgeschäfte, oft am Vorabend seiner unsterblichen Siege!

Bei diesem Sachverhalt sind wir berechtigt zu fragen:
welches sind die Keime, aus denen Eugens Kunstsinn entspross?
Aber die Frage lässt sich kaum beantworten, da wir von seiner
Jugend, seiner Erziehung, seinem Unterricht doch allzuwenig
wissen. Natürlich war ihm, wie jedem wahren Kunstfreunde,
sein Bestes angeboren und es ist wohl glaublich, dass sich derlei
Anlagen auch bei ihm von den Eltern vererbten. Seine Mutter,
die durch ihre Schönheit berühmte Olimpia Mancini, des Cardinals Mazarin gefeierte Nichte, sein vornehmer edler Vater
Eugen Maurice conte de Soisson, aus der Nebenlinie Carignan
des königlichen Hauses Savoyen, waren geistvolle, hochbegabte
Naturen. Olimpia wurde nach ihrer Vermählung der Mittel-
punkt des glänzenden Hoflebens; hatte der König auch seine
geheimen Absichten um das schöne Mädchen aufgegeben, so
huldigte er nun offenkundig der Frau, um die sich ganz Paris
in Begeisterung drängte. Ihr Palais in der rue de Viarmes,
welches schon Katharina von Medici errichtet hatte, war ein
prachtvoller Aufenthalt inmitten schöner Gärten, wo Fontainen
und Bildhauerwerke im Grün schimmerten. Hier folgte Fest um
Fest, der König weilte stets als Gast in den stolzen Hallen und
der Herzog von Saint-Simon bemerkte in seinen Memoiren, dass
nichts an die Pracht heranreiche, welche die Gräfin von Soisson

entfaltete. In diese Zeit, am 18. October 1663, fällt Eugens
Geburt, seine Jugend aber sah wenig mehr von all der Herrlichkeit. Ein rascher Glückswechsel stürzte seine Mutter schon
zwei Jahre hierauf. Die Eltern zogen sich auf ihre Güter zurück,
dann starb der Graf und Olimpia gieng endlich ins Exil nach
Brüssel, im Herzen den grimmen Hass gegen Frankreich, dem
ihres großen Sohnes Schwert später so gewaltigen Ausdruck
geben sollte. Eugen und seine älteren Geschwister wurden bei
ihrer Großmutter, der Prinzessin von Carignan, erzogen. Wir
haben nur wenig Nachrichten über diese Epoche. Von Eugen
heißt es, dass sein Ernst, seine Abneigung wider alles bloß
Äußerliche, Modehafte und oberflächlich Nichtige bereits in den
jungen Jahren deutlich hervortrat; seine Lieblingsstudien waren
Mathematik, Geometrie, in der ihn der berühmte Saveur unterwies, und alles, was auf Geschichte, Kriegs- und Waffenkunde
Bezug nahm.

Die materiellen Verhältnisse des Prinzen waren durch das
Unglück der Eltern keine günstigen mehr. Es ist dies ein
Umstand, welchen man auch im Auge behalten muss. Erst in
Österreich, durch die dankbare Huld seiner Herrscher, hoben
sich Eugens Vermögensverhältnisse ansehnlich, wie wir zeigen
werden, und auch seine Kunstbestrebungen halten natürlich mit
dieser günstigen Veränderung der äußern Lage gleichen Schritt,
denn Kunst braucht zwar Gunst, aber nebst der Gunst auch
noch materielle Kräftigung. Mit diesem Aufschwunge seiner
Finanzen gieng es anfangs noch langsam; noch in den 90er-
Jahren, zu welcher Zeit wir seinen ersten größeren Unternehmungen
begegnen, muss er zurathe halten, er baut langsam an dem
Palais in der Himmelpfortgasse, weil er nicht zuviel auf einmal
daransetzen kann. Erst später haben ihn die wahrhaft kaiserlichen Schenkungen Karls VI. in Stand gesetzt, seinen Lieblingsneigungen auch große Summen zu widmen.

Nach seinen ersten Heldenthaten, welche der junge Fremde
in den Türkenkriegen bei Petronell, beim Entsatze Wiens bewies,
ernannte ihn Kaiser Leopold zum Oberst und gab ihm ein

Regiment. Das bedeutete schon eine Besserung der Lage, dann folgten die Schlachten von Gran, der Sieg von Neuhäusel; Eugen rückte zum General-Feldwachtmeister vor, endlich kam die glorreiche Wiedereroberung von Ofen 1686, an welcher Großthat des kaiserlichen Heeres der Prinz glänzenden Antheil nahm. Nach Heilung der dort empfangenen Wunde, nach dem ewig denkwürdigen Tage, welcher der Anfang vom Ende der türkischen Macht werden sollte, gönnte sich Eugen mit mehreren anderen jugendlichen Waffengenossen, darunter der feurige, hochsinnige Kurfürst von Baiern, einige Ruhe. Man begab sich vereint nach dem lustigen, stolzen Venedig, um dort die fröhliche Carnevalszeit mitzumachen, und der Leu des heil. Marcus, der alte Türkenfeind, nahm die vornehmen jungen Helden von Ofen mit seinem Glanze, jener Herrlichkeit auf, wie es der Tradition in der Vaterstadt Tizians und Veroneses entsprach. Besonders entfaltete das Haus Morosini unerhörte Pracht. Von Eugen wird nun zwar erzählt, dass ihn all das schimmernde Treiben nicht in seine Taumelkreise gerissen habe, dass den zeitlebens auch von Aphrodite unbesiegten Helden der Zauber der Venezianischen Schönheiten nicht in Unruhe gebracht hätte, dass er lieber den Schiffsmanövern und dem Kanonengießen im Arsenal beiwohnte, — aber das Eine, ob die Kunstschätze der Dogenstadt für ihn ebenfalls ohne Interesse gewesen seien, ist damit keineswegs ausgesprochen. Und wenn wir dann vernehmen, dass er in seinen späteren, glücklicheren Umständen auch aus Venedig Künstler nach Wien berufen ließ, z. B. den viel für seine Gärten beschäftigten Bildhauer Giovanni Stanetti, so scheint es, dass der künstlerische Eindruck, welchen die Königin der Adria bei seinem frühen Besuche auf den jungen Mann gemacht hatte, kein ganz unbedeutender gewesen sein könne.

Infolge des Ablebens eines Verwandten in Piemont fielen bald darauf zwei Abteien dortselbst an Eugen. Es waren Güter von beiläufig 150.000 fl. an Wert. Er sah damals, im Jahre 1689, auch die elterliche Heimat wieder, indem er, im Dienste des österreichischen Hofes, mit Herzog Victor von Savoyen in Turin zu unterhandeln hatte. Auch Turiner Künstler und Kunstwerke haben aber eine Menge Beziehungen zu dem, was in Zukunft von Eugen geschaffen werden sollte, so dass man gewiss auch diese Reise nicht als unwichtig für die weitere Entwicklung der Dinge betrachten kann; ob dasselbe auch in Betreff einer andern Fahrt nach Madrid, die er mit seiner Mutter unternahm, zu behaupten sei, lässt sich freilich nicht so bestimmt aussprechen. Um jene Zeit hatte es sich im Herzen des Helden entschieden, welches sein wahres Vaterland sein und bleiben solle, Österreich, dem er unwandelbar diente mit seiner Treue für den Kaiser, seiner Liebe für das Heer, mit der Weisheit seines Rathes und mit dem Genie seines unsterblichen Heldengeistes. Lange hatte man ihn, allerdings im selben Interesse, für die Krone Spaniens gewinnen wollen. Von dem Augenblicke an, wo ihm klar vor der Seele stand, dass er seine rechte Heimat schon gefunden habe, begann aber auch das Verlangen zu erwachen, sich hier den häuslichen Herd zu gründen, aus dem Fremden-Offizier ein ansässiger Bürger zu werden. Darum sehen wir, dass der Prinz von 1690 an beginnt, Besitzthümer, Güter auf österreichischem Boden zu erwerben, in welchem Streben schon Kaiser Leopold seinem großen Feldherrn mit fürstlicher Freigebigkeit zuhilfe kam. In genanntem Jahre beginnen die Einlösungen der alten Bürgerhäuschen in der Himmelpfortgasse, an der Stelle, wo sich dann der großartige Palast erheben sollte; freilich war Eugen noch vier Jahre später nicht im Stande, die gesammte Kaufsumme aufzubringen. Aber gleichzeitig kauft er schon 1693 die Weinberge und sonstigen Gründe auf den schönen Hügeln, wohin er sein Belvedere zu gründen gedachte.

Sparsam und verständig hatte er nebenbei soviel erübrigt, um 1698 von der Gräfin Heissler die Donauinsel Csepel mit der Herrschaft Promontor um 85.000 fl. zu erwerben. Ein Jahr vorher hatte er die Schlacht von Zenta geschlagen. Europa hallte von dem Ruhme des kleinen Abbés, sein Kaiser schenkte ihm im Baranyer Comitat bei Sziklos Güter im Werte von 80.000 fl., Bellye, Baranyavar und elf weitere Ortschaften, ferner

21 Prädien mit dem Jahresertrag von über 5000 fl. Solche glückliche Verhältnisse veranlassten Eugen zunächst, sämmtliche Schulden seiner Familie mit einer geradezu scrupulosen Gewissenhaftigkeit zu tilgen, dann begann er eine weise Verwaltung seines schon ziemlich ansehnlichen Besitzes und auf dieser soliden materiellen Grundlage fieng der ernste, klardenkende Mann dann allmählig an, in der weisesten und richtigsten Art auch jenen Neigungen zu huldigen, welche für ihn neben den gewaltigen Thaten seines siegreichen Schwertes den Reiz des Daseins ausmachten. Man erkennt auch hier den großen Taktiker, der vor jeder bedeutenden That das Terrain so genau zu sondiren wusste.

Nach diesen günstigen materiellen Vorbereitungen war es ganz gewiss des Prinzen langer Aufenthalt in Italien, was seine Kunstliebe zur vollen Reife brachte. Mit dem Feldzug von 1701 wird das immer anschaulicher und deutlicher. Am wichtigsten aber ist in dieser Beziehung seine Statthalterschaft in der Lombardei seit dem Jahre 1707, wo ihn Mailand am 16. April als Befreier von den verhassten Franzosen mit enthusiastischem Jubel und prunkvollen Festlichkeiten empfieng. Ganz besonders ist es aber Eugens intimer Verkehr mit mehreren hochgestellten kunstliebenden Persönlichkeiten dieses Landes, welche wohl eine entscheidende Einflussnahme auf ihn in dem uns hier interessirenden Sinne hatten.

Da begegnet zunächst in Mailand die alte, berühmte Familie der Grafen Archinto, seit jeher ein Geschlecht, welches Wissenschaften und Künste hochzuhalten und zu fördern verstanden hatte. Der Erzbischof, welcher beim Empfang des neuen Statthalters im Dom den Gottesdienst hielt, war ein Mitglied des erlauchten Hauses, Cardinal Giuseppe Archinto (1651—1712); dort lebte Graf Carlo (1670—1732), ein Gelehrter, Naturhistoriker, Arzt, Dichter und Mathematiker, der in Ingolstadt studiert hatte, dann in Mailand mit dem berühmten Muratori zusammentrat und unterstützt von dem Kaiser die società Palatina schuf, jenes ausgezeichnete typographische Institut, welches den Zweck hatte, die Herausgabe der berühmten Archivforschungen des großen Gelehrten zu ermöglichen, und wozu der gesammte Adel Mailands die Mittel beisteuerte. Dort wirkte zum selben Zwecke Filippo Argellati (1685—1755), der treue Helfer Muratoris, und dieser selbst (1672—1750), damals als Conservator der Ambrosianischen Bibliothek. Die geistvolle Tochter des Grafen, Maria Archinto, später Gemahlin des kaiserlichen Generals Carlo Giorgio Clerici, eines Waffengenossen Eugens, welcher 1717 in Ungarn den Schlachtentod fand, — nicht zu vergessen! Graf Carlo, welchen die Kaiser Leopold und Karl sowie Philipp V. von Spanien mit den höchsten Ehren begnadeten, — er wurde Grande von Spanien und Ritter des Vliesses, — entfaltete in seinen Palästen zu Mailand glänzende Pracht, beschäftigte Maler und Bildhauer aus der Vaterstadt, aus Bologna u. a. O., — und manche von ihnen, die früher dort gewirkt haben, sehen wir dann von dem Prinzen nach Wien berufen werden und ihre Schöpfungen zieren noch heute das Belvedere und Eugens Winterpalais. Carlo war Autor von mehr als dreißig gelehrten Schriften. Der Verkehr mit dieser bedeutenden, kunstsinnigen Familie hat gewaltige Nachwirkungen bei Eugen hinterlassen.

Noch wichtiger aber gestaltete sich sein Umgang mit den Albani, — allerdings nicht in Mailand, — aber es ist auch das eine große italienische Familie voll stolzestem Kunstsinn und durch die politischen Ereignisse dem Prinzen nahegerückt. Von dem, wie schon ihr Name sagt, aus Albanien nach Italien eingewanderten, durch päpstliche Gunst großgewordenen Geschlechte lebten damals zwei Brüder Annibale und Alessandro, jener weltlichen, dieser geistlichen Standes. Annibale (1682—1751) weilte 1709 als Gesandter Clemens XI. in Wien, wo es seinen Fähigkeiten gelang, den raschen Joseph I. mit dem Papste auszusöhnen. Heimgekehrt weihte er sich dem Studium der Archaeologie und Kunstgeschichte, gründete eine große Bibliothek, Medaillen- und Kunstsammlung. In noch nähere, durch das ganze Leben unverbrüchlich andauernde Beziehungen trat aber Eugen zu dem jüngeren Bruder, dem in der Geschichte der Kunst als späterer

— 13 —

Gönner Winckelmanns gefeierten Cardinal Alessandro Albani (1692—1779). Die innigste Freundschaft verband beide, seit Albani 1720 in Wien päpstlicher Nuntius geworden war. Im Palaste seiner Familie und in der von ihm später außer den Thoren Roms gegründeten Villa Albani hat dann der feinsinnige Kunstfreund mit Unterstützung eines Winckelmann, Zoega, Marini, Fea und Rafael Mengs jene großartigen Schätze gesammelt, von welchen nach ihrer Verschleppung in den Napoleonischen Kriegen ein großer Theil von König Ludwig für München erworben wurde. Eugen hielt soviel auf seinen kunstverständigen Freund, dass er einmal an einen seiner Agenten in Rom schreiben lässt, es dürfe ihm nichts von Kunstgegenständen aus Rom zugesendet werden, was nicht das Urtheil des Cardinals passirt habe. Die prachtvollen Marmortische, welche noch heute in mehreren Sälen des Belvedere stehen, hatte Albani dem Prinzen aus der ewigen Stadt besorgt.

Die Mailändische Statthalterschaft hob auch seine Finanzen wieder bedeutend, indem ihm an Gehalt allein jährlich einmalhunderttausend Gulden zuflossen. Diese schon ansehnlichen Einkünfte wuchsen aber noch bedeutend, als auch seine Güter noch Erweiterungen erfuhren. Von den Freiherrn von Gienger kaufte er Schlosshof an der March, dazu kam Engelhardtstetten in Niederösterreich und Raczkwe in Ungarn, Süßenbrunn sammt Oberweiden und Lassee aber erwarb Karl VI. um 200.000 fl. und machte es dem Helden zum Geschenk „zu einer beliebigen Excursion und Landtsdistraction," weil dem Kaiser und dem Interesse des Staates an einer „langen Conservation" des Prinzen besonders gelegen sei. Überall entfaltete Eugen nun eine großartige Thätigkeit. In Bellye baute er ein gegen die Türken befestigtes Schloss, in Promontor und Raczkwe weitläufige Schlossgebäude, in seine ungarischen Pußten berief er deutsche Colonisten und errichtete ihnen Dörfer, von denen eines bei Essegg ihm zu Ehren noch heute Eugeniusfalva heißt. In Schlosshof ließ er zwar das alte Renaissanceschloss zum Theil bestehen, aber er verschönerte es, versah es mit einer prachtvollen Einrichtung und wahrhaft künsterischem Mobiliar, von dem leider nur mehr ganz ärmliche Überbleibsel vorhanden sind, schuf den wunderbaren, italienischen Terrassengarten, der sich zum Flussufer in großartigen Abstufungen hinabsenkt, schmückte ihn mit Statuen, Fontainen und jenen herrlichen Thoren von Schmiedeeisen, welche neben den, auch von ihm herrührenden im Belvedere bekanntlich die classischen Beispiele der barocken Schlosserarbeit sind, ohne irgendwo ihresgleichen zu haben. In Süßenbrunn zeugen noch die prachtvollen Frescogemälde von der einstmaligen Herrlichkeit des jetzt verwahrlosten Ortes.

Bei Eugens Tode betrugen seine Güter im Marchfeld 600.000, die zwei Wiener Paläste 200.000, die Bibliothek 150.000, das Depositum in der Bank 200.000, das Bargeld 200.000, das Silbergeschirr 170.000, die Juwelen 100.000, die Gemälde 100.000, die Güter in Italien 150.000, — zusammen 1 Million 870.000 Gulden.*) Fast arm war er nach Österreich gekommen, nie hatte er sich nach altem Brauch durch Plünderung oder Brandschatzung bereichert, der verderbliche Missbrauch des Officiersstellen-Verkaufes hatte in ihm stets den erbittertsten Gegner gefunden, so zwar, dass er einmal einem sonst hochverdienten Feldherrn aus ältestem Geschlecht in seinen alten Tagen den Abschied gab, weil er dem Übelstand nachgegeben hatte, — welche Strenge dem alten Haudegen das Herz brach und ihn zu seinen Vätern versammelte. Wenn also Eugen dennoch zu solchem, für die damalige Zeit bedeutenden Reichthum gelangte, so ist es ein ehrlich und gerecht erworbener Reichthum und schließlich doch nur ein Bettel, wenn man ihn als wohlverdienten Genuss desjenigen betrachtet, dessen Namen ein Zenta, ein Peterwardein, Luzzara, Turin, Höchstädt, Malplaquet, Lille, Oudenarde, Belgrad neben den Namen der größten Heroen,

---

*) Diese Ziffern hat Arneth urkundlich festgestellt. Es darf dem gegenüber aber nicht unbemerkt gelassen werden, dass sie, vielleicht weil es Schätzungsziffern sind, ausnehmend niedrig gegriffen scheinen. Hören wir doch von den Zeitgenossen, dass ein einziges Bilderzimmer 200.000, ein Luster 40.000, ein Kamin 20.000 fl. gekostet hatte! Das stimmt nicht zu dieser Gesammtbewertung.

als ihrer größten Einer, an die Stirne geschrieben hat! Und was ist endlich die lumpige Million 870.000 fl. von 1736 des Retters Österreichs, des gewaltigsten Kriegers der Welt seit Julius Caesar und Hannibal, des Helden, vor dessen Genius sich Napoleon beugte, gegen die vielen, vielen Millionen, welche heute höchst zweifelhafte Börsenmanoeuvres den unlautersten Subjecten einbringen? Und wie verwenden diese Tropfe ihren Mammon? Auf Eitelkeit, Thorheit, Sport, Ballet und Prahlerei! Und wozu gebrauchte ein Eugen seine zwei Millionen? Der edle, bedürfnisslose Mann ohne Familie hat seinen Erwerb, den ihm unsterbliche Großthaten für Österreich eingebracht hatten, nur wieder seinem geliebten Österreich zurückgegeben: mit dem Heldenruhme erworben, in Kunstschöpfungen ersten Ranges umgewechselt. Er ist uns nichts schuldig, wir dem Unsterblichen alles! Wie er das bewerkstelligte, wollen wir nun im Folgenden betrachten.

Das Winterpalais in der Stadt und das Gartenpalais des Belvederes gehen in ihren Anfängen fast in dieselbe Zeit zurück; während ersteres aber sehr rasch hergestellt wurde, dauerte der Bau des letzteren bis 1723. Ich verfüge über genaue Nachrichten, welche sicherstehen, und ich unterlasse es daher, alle die davon abweichenden Irrthümer in der bestehenden Literatur damit zu vergleichen. Schon 1690 besaß Eugen in der Himmelpfortgasse an der Stelle des Palastes ein Haus, in dem er wahrscheinlich auch wohnte. Allmählig löste er die benachbarten kleineren Häuser ein, darunter jenes des Grafen Huschin, des kais. Thürhüters Langlet, des Hofhutmachers Fauconet, in welchem Theater gespielt wurde, etc. Das dauerte aber ziemlich lange, noch 1703 geschahen solche Ankäufe und 1694 schrieb Eugen seinem Vertrauten und Geldverwalter, Grafen Tarini, er habe noch nicht genügende Mittel zum Bau. Auch hier unterstützte ihn der Kaiser, welcher nach der Schlacht von Höchstädt Eugens Behausung für ewige Zeiten von jeder Steuer und Last befreite. Damals, 1704, muss der Bau schon weitergeschritten sein, im nächsten Jahr stand die Architektur nicht nur fertig da, sondern es war auch das

Innere, wenigstens zum Theil, eingerichtet, denn der Franzose Freschot schildert in diesem Jahre das Stiegenhaus als fertig und Rink erzählt, dass ein Reisender damals zu den im Palaste gemalten Thaten des Hercules ein lateinisches Distichon mit Ruhmesworten auf den Hercules Österreichs mit Bleistift geschrieben habe. Sechs Jahre darauf empfieng der Prinz in seinem prachtvollen Palais bereits die Gesandtschaft der besiegten Pforte.

Wer ist der Architekt des großartigen Baues? In unseren kritiklosen Büchern wird bald Johann Bernhard Fischer von Erlach, bald Johann Lucas von Hildebrand als Urheber genannt, bald heißt es, zuerst hätte Hildebrand, dann Fischer den Bau geführt. Derselbe ist aber ausschließlich ein Werk Fischers und Hildebrand wurde nur von späteren Topographen irrthümlich damit in Verbindung gebracht, weil man diesen Eugen'schen Palast mit dem andern des Belvedere confundierte, welcher in der That Hildebrands geniale Schöpfung ist. Für Fischer spricht nicht nur der unverkennbare, von dem Hildebrand'schen grundverschiedene Typus der Architektur, sondern — spricht Fischer selbst, welcher zu dem Blatt, worauf in seinem „Entwurf einer historischen Architektur" das Palais dargestellt ist, ausdrücklich beisetzte: „*Cette Maison avec le Grand escalier est du dessin de J. B. Fischer d.'E.*" Dieses Buch erschien aber zu Lebzeiten Hildebrands, welcher in derselben Stadt lebte wie Fischer und daher ohne Zweifel Protest gegen die Behauptung eingelegt haben würde, wenn ihm nur der geringste Antheil an der Erfindung gebührt hätte, zumal, als beide Herren Architekten nicht gerade die allerintimsten Freunde gewesen zu sein scheinen. Auch sagt der Zeitgenosse Marperger 1711 in seinem Architekturwerke, dass dieses Gebäude von Fischer herrühre, welches „an magnifiquer Architektur und kostbarer Auszierung fast allen andern den Rang disputirlich zu machen scheint." Die besonderen Schönheiten des Baues sind die Façade, das Vestibul und die herrliche Treppe. Erstere hat eine wahrhaft majestätische Wirkung durch ihre lange Entwicklung, durch das mächtige Praedominiren der noble-étage und durch die drei gigantischen Portale mit ihrem Sculpturenschmuck. Abgesehen vom Project zur Burg ist Fischer nie etwas so wahrhaft Imposantes im Profanbau gelungen, was doch viel sagen will. Im Vestibul mit dem reichen Stuccaturenschmucke sind Motive der galleria Colonna in Rom verwertet, das Treppenhaus aber auf so winzigem Raume, ist ein Meisterwerk, denn es macht trotzdem den gewaltigsten Eindruck. Kolossale Riesengestalten von Lorenzo Mattielli tragen die oben sich theilenden Stiegenarme, über welchen sich erst der hohe, mit Gemälden geschmückte Plafond erhebt. Der Besucher glaubt sich in Bologna, der Stadt der großartigen Barocktreppen-Anlagen. Von der Wand blickt Eugens Büste dem Emporsteigenden entgegen. Wie bereits erwähnt wurde, hat Fischer den Entwurf zu dem Palaste schon in seinem Architekturwerke aufgenommen und ist darum jeder Zweifel an seiner Urheberschaft behoben. Das Blatt kommt schon in dem Manuscript-Exemplar der Hofbibliothek vor, welches 1712 entstand, stammt aber gewiss aus viel älterer Zeit, denn der Palast, welcher 1712 längst fertig war und 17 Fensterachsen aufweist, hat auf jenem Blatt nur deren zwölf, entsprechend zwei statt drei Portalen. Es muss also eine Vergrößerung des ursprünglichen Entwurfes beschlossen worden sein, indem fünf Achsen noch dazukamen. Auf dem Blatte in den Pfeffel'schen Prospecten (II. Theil, 1725, Taf. 17.) sieht man ebenfalls 17 Fensterachsen und aus den in der Nachbarschaft angrenzend gezeichneten Baulichkeiten ergibt sich, dass diese Vergrößerung nach der Kärntnerstraße hin stattgefunden hat. Im Innern befinden sich eine Menge schöner Details, welche vollauf Beachtung verdienen. Was ist nur z. B. diese Einfahrtshalle großartig mit ihren Stuccaturen, Säulen und der Statue des Hercules? Wie virtuos hat der Architekt die schwierige Aufgabe gelöst, aus dem engen Hofe etwas Bedeutendes zu machen, dem er mit einer geschickten Decoration der Nachbarwände und der zierlichen Brunnennische wirklich einen interessanten Anblick zu verleihen wusste! Und welche Vornehmheit ist über all diese Räume gebreitet! Wahrhaftig die Behausung eines großen, vornehmen Mannes durch die Hand eines großen

Künstlers geschaffen, ein Wohnort, der uns schon durch seine Formen sagt: „Du bist in einem Heiligthum!"
Als dieser Palast vollendet war, musste er die guten Wiener wohl mit Staunen erfüllen, denn ihre Stadt war damals noch nicht reich an Prachtbauten dieses Stils; zwar standen die beiden Liechtenstein'schen schon einige Jahre, aber der strenge, fast kahle Ernst Domenico Martinellis ist mit der königlichen Würde nicht zu vergleichen, welche Fischer diesem seinem Werke zu verleihen gewusst hatte.

Des Äußeren würdig muss die Ausstattung der Appartements gewesen sein, wovon leider kaum einige Reste auf uns gekommen sind. Ein kleines Bild davon entwerfen uns die leider knappen Schilderungen von Zeitgenossen, welche noch so glücklich waren, die fabelhafte Pracht zu schauen: des Baron Pöllnitz, Keißler, Küchelbecker. Sie sind entzückt von den Tapisserien und Gemälden, in denen Eugens Siege dargestellt waren, Krystall-Lustern, Wandleuchtern, kostbaren Betten und Möbeln. Unter den Gobelins wird besonders einer gerühmt, auf welchem ein Schiffbruch zu sehen war. Ein Salon hatte rothe Spalier von Sammt und jenen Prachtbaldachin, unter welchem der Hausherr 1711 die türkische Botschaft empfieng. Ein Ofen von Bronze stellte Hercules dar, wie er die Hydra tödtet. Es bestanden aber ihrer mehrere, Bronzegüsse aus älterer Zeit wahrscheinlich, einst Eigen Kaiser Rudolfs II., von dem Schüler Giovannis da Bologna, Adrian de Fries, welche der Prinz erworben haben muss. Der obige und ein zweiter, Hercules mit dem Nemaeischen Löwen, stehen jetzt in der Durchgangshalle des Schlosses Schönbrunn. Ein Schreibcabinet war ganz mit Schildpatt ausgelegt, ein anderer Raum mit venetianischen Spiegeln, viele hiengen voller kostbarer Bilder italienischer und niederländischer Schulen, von den Kaminen hatte einer aus grauem Marmor 20.000 fl. gekostet, einer der Kronleuchter von Bergkrystall war um 10.000 fl. gekauft worden. Der Hauptsaal hatte die Wände mit Boiserie, die Decke mit einem Fresco von Chiarini geziert, hier hiengen auch die berühmten Schlachtenbilder von Hughtenburg.

Die große Antichambre schmückten Tapeten von dem Brüsseler Jodocus de Vos, ebenfalls mit Kriegsscenen. Die Wände des Schlafzimmers bedeckte grüner Sammt mit Goldstickereien, worauf Figuren von petit-point, welche wie Miniaturen ausgesehen haben sollen, der Luster daselbst kostete 40,000 fl. Ein Cabinet, das zum Glück auch noch erhalten ist, ist ganz vergoldet mit allerliebsten Ornamentmalereien auf diesem funkelnden Grunde, wieder wo anders sah man Lambris von kostbarer Tischlerarbeit, Marmortische und Armleuchter. Der Bibliothek, welche 1730 circa 14,000 Bände zählte, und dem berühmten Kupferstich-Cabinet waren besondere Räume gewidmet; hier stand auch die große Maschine des Engländers Roley, welche den Gang der Gestirne nach dem Kopernicanischen System vorstellte. Die Bücher waren sämmtlich in kostbare französische Saffianbände, und zwar nach den Hauptgruppen der Wissenschaften in verschiedenen Farben gebunden, die Sammlung historischer Porträts umfasste 48 Cartons für Frankreich, 61 für Deutschland, 10 für die vereinigten, 9 für die spanischen Niederlande, 2 für Lothringen, 13 für England, 13 für die geistlichen Stände.

Heute sehen wir von all dieser sinnberückenden Herrlichkeit nichts mehr als einige al fresco bemalte Plafonds und jenes wunderbare Goldcabinet, welches soeben auf Veranlasung Seiner Excellenz des Herrn Finanzministers vortrefflich restauriert wird. Ganz ähnliche Goldcabinete ließ Eugen auch in beiden Palästen des Belvederes von denselben, leider unbekannten Meistern herstellen und ein glückliches Geschick hat uns alle drei erhalten. Ich enthalte mich darum aller Beschreibung von der hohen, graziösen Eleganz dieser feinen bunten Ornamente auf dem funkelnden Fonde, denn die Pracht steht noch vor unsern Blicken. Der Plafond des Cabinets in der Himmelpfortgasse ist ein wahres Wunderwerk: wie ein Wald von goldenen Stalaktiten drängen sich frei gearbeitet die Ornamente, nichts als Gold, kein anderer Farbton, ein wahrer Himmel barocker Herrlichkeit!

Die Gemälde des Stiegenhauses: „Geschichte des Ikarus," jene in der Galerie: „Der Raub der Orythia," rühren von Louis

2*

Dorigny her. Dieser Schüler des berühmten Lebrun in Paris ist in Wien noch in einem zweiten Palaste Fischers, in der ehemaligen böhmischen Hofkanzlei in der Wipplingerstraße, jetzt Ministerium des Innern, vertreten. Beide, Fischer und Dorigny, hatten sich in jungen Jahren in Rom kennen gelernt, vielleicht empfahl der Architekt den Maler an den Bauherrn. Dorigny, Bruder des bekannten Stechers Nicolas Dorigny, ist der einzige französische Maler, welcher in jener, aus Gründen der Politik sich seinem Vaterlande so ablehnend erzeigenden Epoche in Wien Beschäftigung fand. Seine Hauptwerke, immer große Plafondgemälde, schuf er in Italien, in Venedig, Foligno, Vicenza, Padua und in Verona, wo er starb. Sein Fresco in der Kuppel des Domes zu Trient ist vor kurzem in unserer puristischen Kirchenrestaurationszeit spurlos vernichtet worden.

Als Maria Theresia 1754 das Palais für Staatszwecke ankaufte und hier, sowie im daneben befindlichen Huldenbergischen Hause das Münzamt, Kupfer- und Quecksilberamt etablirt wurde, gieng eine entsetzliche Verheerung vor sich. Die prachtvollen Möbel hatte ohnehin schon nach Eugens Tode dessen abscheuliche, habsüchtige Nichte Vittoria von Savoyen als Erbin verschleudert, jetzt kam noch die Bureau- und Dicasterialwirtschaft mit ihrem feinen Geschmack und praktischen Sinn darüber. Der damalige Präsident des Münzamtes, Graf Königseck-Erbs, wollte mehr Raum für Bureaux gewinnen und ließ die schönen Säle abtheilen. Einige Maler schnitten damals Theile von den herrlichen Deckenbildern heraus, um sie wenigstens so zu bewahren, und sie hätten noch viel davon weggenommen, sagt unsere Quelle, wenn es ihnen erlaubt worden wäre. Man schlug sie lieber „amtlich" herunter!

Unter den auf diese Weise verloren gegangenen Fresken ist auch das des ehemaligen großen Saales von dem Bolognesen Marcantonio Chiarini. 1652 geboren, malte er viel in Ferrara, Mailand u. a. O. In Mailand ließen die schon genannten Grafen Archinto ihren Palazzo von ihm ausschmücken, hier hatte ihn 1697 Eugen kennen gelernt und forderte ihn auf, nach Wien zu kommen. Meine Quelle sagt: Man vermag nicht zu schildern, welchen Empfang ihm der Prinz bereitete, der da nicht nur gewaltig war mit den Waffen, sondern auch in den schönen Künsten das Verdienst zu würdigen wusste. Nach Vollendung seiner Arbeiten im Palaste gieng der Maler nach Bologna zurück, 1709 berief ihn Eugen aber von neuem, er kam, fügte noch Einiges hinzu und erhielt von seinem Gönner ein Diplom, welches ihn zum familiaris seines Hauses ernannte. Damals malte Chiarini auch im Palais Trautson, ebenfalls einem Fischer'schen Bau. Krank kehrte er heim, als aber dann der Bau des Belvederes vorschritt, ließ ihn Eugen nach acht Monaten wieder kommen und nun entstand 1716 das kolossale Fresco im großen Saale des unteren Gebäudes daselbst, welches Eugen als Sieger von Peterwardein verherrlicht, ein Zimmer im obern Palaste und acht große Leinwandbilder, welche verloren gegangen sind. Chiarini blieb drei Jahre in Wien, malte auch den Saal im Daun'schen (jetzt Kinsky'schen) Palaste auf der Freiung, wurde aber vom Schlage gerührt und reiste wieder, von Eugen reich beschenkt, nach Bologna heim, wo er 1730 starb. Noch vor der Abreise empfahl er dem Prinzen seinen Schwiegersohn, den vorzüglichen Architekturmaler Gaetano Fanti, welcher in den Palästen Eugens, in jenen des Fürsten Liechtenstein und in vielen Kirchen die effectvollen, perspectivischen Scheinarchitekturen als Einfassungen von figuralen Bildern verschiedener Meister, wie Carlo Carlone, Martino Altomonte, Daniel Gran etc. ausführen sollte. Sein Sohn, Vicenzo Fanti, wurde Liechtenstein'scher Galeriedirector und hat uns diese Nachrichten bewahrt.

Auch Andrea Lanzani hatte Eugen aus Mailand kommen lassen, einen trefflichen Schüler des Lanfranco; wir wissen, dass er im Stadtpalais malte, doch nichts Näheres. Im Liechtensteinschen Majoratshause sind die Plafondgemälde der Treppe von ihm, manches sehr brav im Charakter Carlo Marattas. Der Kaiser ertheilte Lanzani den Adel, er starb 1712 in Wien. Ein noch erhaltenes Plafondfresco rührt laut Inschrift von Peter Freiherr von Strudel, dem Schüler des Carlo Lotto, her, welcher für Eugen auch im Belvedere die dortigen Supraporten mit Genien gemalt hat.

Die zahllosen, prächtigen Stuccaturen hier und im Belvedere wurden zum Theil von Santino Bussi aus Valtellin in der welschen Schweiz ausgeführt. Großartiges leistete dieser geschmackreiche Meister für die beiden Palais Liechtenstein, in Sct. Florian, in Brixen, Mirabell in Salzburg, Kladrau in Böhmen, in zahlreichen Kirchen Wiens, Oberösterreichs und Mährens. Seine Jugend verlebte er in Mailand, wo er in den Palästen der Großen arbeitete, hier lernte ihn Eugen kennen und berief ihn nach Wien. Bussis Schwiegersohn war der Maler und Architekt Antonio Galli-Bibiena, welcher an unserer Peterskirche arbeitete. Die großen Aufträge erwarben Bussi ein bedeutendes Vermögen; er lebte aber so glänzend und generös, dass bei seinem Tode 1737 kaum genug für das Leichenbegängnis übrig war. Ein Italiener sagt von diesem großen Künstler: „*Non vi fù chi non fosse sensibile della perdita di quest' valent' uomo!*"

Seine weltberühmten und welterschütternden Kriegsthaten ließ Eugen öfters darstellen. Einmal malte sie Ignace Parrocel d. Ä., der Sohn des Malers Louis d. A., 1688 geboren. Noch Mecheln gibt in seinem Katalog der kais. Gemäldegalerie an, dass von ihm acht Schlachtenbilder vorhanden seien, darunter sechs Eugen'sche Schlachten, worunter der Entsatz von Turin besonders gepriesen wird. Sie sind in der kaiserlichen Burg aufgehängt. Zu Anfang dieses Jahrhunderts befanden sie sich im unteren Belvedere. Noch bedeutender aber waren jene Gemälde, welche Jan van Hughtenburg für den Prinzen vollendete. Der ausgezeichnete Haarlemer Maler kam 1709 mit ihm in Berührung. Hughtenburg war bei Lebrun und van der Meulen geschult, hatte sich in Rom gebildet und war, seit 1670 wieder im Vaterlande ansässig, ein Lieblingsmaler vornehmer Herren geworden. Hier lernte er die Werke Wouwermans kennen, welche einen mächtigen Einfluss auf seine Darstellung von Scharmützeln und Schlachten nahmen; Eugen gab ihm persönlich alle nöthigen fachmännischen Fingerzeige, was den militärischen Theil seiner Aufgabe betraf, und so kam es, dass seine Schilderungen der Schlachten des Helden

von allen Seiten in Wiederholungen verlangt wurden und den
Künstler reich machten. Jedes der Bilder war 4' hoch, 5' breit.
Sie wurden dann in einem Werke gestochen, welches betitelt ist:
„*Batailles gagnées avec le prince Eugène de Savoye, depeintes et
gravées par J. Huchtenburg, avec des explications par J. Du Mont.
A la Haye, 1725. f°.*" Nach des Prinzen Tode verkaufte sie die
grässliche Nichte an den Herzog Karl von Württemberg.

Die Erwerbungen für die Bibliothek und Kupferstichsammlung nahmen ihren Aufschwung seit dem Aufenthalt Eugens
in London 1712. Er sparte für diesen seinen Schatz nichts und
zeigte sich da als der feinste Kenner. Nur Ausgaben ersten Ranges,
nur vorzüglichste Drucke wurden angeschafft, denn das Refu-
gium seiner Bibliothek war dem edlen Manne der liebste Genuss
nach den Anstrengungen des öffentlichen Lebens. Als einmal
die Sonne des Glückes sich eine Weile für ihn hinter Wolken
versteckte, äußerte er sich: „Mit 10.000 Gulden Einkünften kann
ich ruhig und ohne in irgend eine Verlegenheit zu gerathen,
meine Tage beenden, und ich besitze einen hinreichenden Vor-
rath guter Bücher, um mich nicht zu langweilen." Eugen erholte
sich nicht nach dem Exerciren und den Paraden bei leeren Ver-
gnügungen; ein Eugen schlug bei Malplaquet, Turin und Belgrad
und las dann gute Bücher! Es muss auch solche Käuze geben!

Seine rechte Hand in diesen Dingen war Pierre Jean
Mariette, der Sohn eines Kupferstichverlegers in Paris. Erst
23 Jahre alt, kam er in des Prinzen Dienste, wurde von diesem
nach Italien gesendet, um seine Studien zu machen und Ankäufe
zu besorgen. Dabei empfahl ihn sein wohlwollender Gönner an
den Grafen Tarini in Turin und sprach ihm die vollste Zufrieden-
heit ob seiner Thätigkeit in der Bibliothek und Kupferstichsammlung aus, mit dem Wunsche, er möge sich in seinem Fach
in Italien noch vervollkommnen. Für die Collection der Hand-
zeichnungen, welche jetzt die Albertina besitzt, die Kunstblätter
und Porträte hat Mariette in der That Staunenswertes geleistet.
Später begab er sich nach Paris zurück, blieb aber stets mit dem
Prinzen in Verbindung, dem er mannigfache Aufträge besorgte.

So lässt er 1728 für ihn dort *trois garnitures des grilles en feux et onze paires de chandeliers à bras ou doubles branches assortis de differentes grandeurs* anfertigen. Der Vater dieses ausgezeichneten Mannes, Jean Mariette, hatte in Paris einen ausgebreiteten Kupferstichhandel, Buchdruckerei und Verlag errichtet, für welchen die besten Künstler beschäftigt waren. Man berechnet die bei ihm herausgekommenen Blätter auf gegen 900 Nummern, meist nach französischen und italienischen Meistern. Er selbst war ein guter Zeichner und Stecher. Der Sohn, dem er eine sehr sorgfältige Erziehung angedeihen ließ, wuchs in dieser Welt von Kunst und Kunstsachen heran und eignete sich dabei eine Kennerschaft an, welche an wenigen Menschen seiner sowie späterer Zeiten eine Parallele gefunden hat. Große Reisen vervollständigten sein reiches Wissen. Nach Wien kam Mariette 1717. Wenn einige ältere Schriftsteller behaupten, er habe Eugens Anerbieten, bei ihm zu bleiben, ausgeschlagen, so ist das nicht richtig; der edle Prinz sendete ihn vielmehr selber nach Italien, dem Ziel seiner glühendsten Sehnsucht. Hierauf schrieb er über die berühmte Sammlung Crozat 1747, über die bedeutendsten Architekturen von Frankreich 1727, über die Charakterköpfe des Lionardo da Vinci 1730, über die Cabinete von Gerini und Boyen d'Aiguille, endlich sein classisches Werk: „*Traité des Pierres gravées,*" Paris 1750. Die von ihm angelegte großartige Sammlung von Zeichnungen und Stichen, sowie seine Bibliothek wurde nach seinem 1774 erfolgten Tode in Paris versteigert und ihre prachtvollen Blätter gehören zu den Zierden aller Sammlungen, in welche der reiche Schatz verstreut wurde. Mariette hat auch selber nach Guercino, Pierino del Vaga, Carracci und anderen Meistern radirte Blätter geliefert.

Die saubere Nichte verkaufte auch Eugens kostbare Kupferstichsammlung. Zum Glück war der kaiserliche Hof der Ersteher und die 290 Bände Stiche allgemeinen Gegenstandes und 217 Bände Porträts sind nun Eigenthum der Hofbibliothek. Wie großartig Eugen für diese Zwecke einzukaufen liebte, geht aus folgenden Beispielen hervor. Den „*Atlas major seu geographia Blauiana*" erwarb er 1732 von dem Buchhändler Moetjens im Haag um 6000 fl. Es sind 46 Foliobände mit 571 Tafeln, gezeichnet von Moucheron, Sachtleven, Zeemann, Schollinks u. a. bedeutenden Künstlern. Durch Mariette erhielt er 1728 um 12.000 Livres den „*Recueil de plantes cultivées dans le jardin royal à Paris*," den „*Recueil d'oiseaux de la menagerie Royale du Parc a Versailles*," 15 Bände mit prachtvollen Miniaturen von Nicolas Robert de Langres. Agenten, welche ihm wertvolle Kunstobjecte, Stiche und alte Drucke aufstöbern mussten, hatte er in Rom, im Haag, in Brüssel, Paris, London, Bologna und Mailand. Domenico Passionei, welchen Eugen zum Nuntius in Wien befördert hatte, war stets sein Rathgeber und Vermittler von Kunstsachen aus Italien. Leibniz schreibt einmal an einen Wiener Freund, er habe in Berlin zwar ohne Ordre kostbare Manuscripte für den Prinzen gekauft, er habe aber Ursache zu glauben, sie werden Seiner Durchlaucht lieb sein, weil dergleichen nicht alle Tage zu haben. Heute ist es leider umgekehrt. Heute kann man kostbare alte Kunstsachen ruhig „ohne Ordre" in Wien für Berlin kaufen und hat Ursache zu glauben, dass diese Dinge, für welche hier kein Käufer zu finden ist, dort willkommen sein werden, „weil dergleichen nicht alle Tage zu haben." Was würde wohl Eugen, der sich bekanntlich aus allen Kräften, wiewohl vergebens, der Verleihung der Königswürde an den Kurfürsten von Brandenburg widersetzte, sagen zu diesem Umschwung der Dinge, auch auf künstlerischem und aesthetischem Gebiete? — Dass Eugen endlich auch Sinn hatte für Denkmäler einer Zeit, welche der künstlerischen Geschmacksrichtung seiner Tage weit entlegen waren, beweist z. B. der Umstand, dass sich in den kaiserlichen Sammlungen ein Becher Philipps des Guten von Burgund erhalten hat, welchen der Prinz erwarb, weil dieses denkwürdige Alterthum Erinnerungen an den Stifter des goldenen Vliesses wachrufe. Wie lebhaft er sich aber für Producte der Gegenwart interessirte, geht aus einem Schreiben hervor, in welchem er 1717 den Jean Baptiste Dubos, der ein Werk über Poesie und Malerei unter der Feder hatte, ersucht, ihm gewiss ein Exemplar zusenden zu wollen.

Nicht minder großartig entfaltete sich Eugens Liebe für Kunst und Pracht bei der Errichtung seines zweiten Wiener Palastes, des Belvedere. Über der Geschichte dieses vorzüglichen Prachtbaues schwebt der Unstern, dass bis heute auch noch nicht die geringfügigste urkundliche Nachricht an den Tag gekommen ist, unsere Kenntnis somit lediglich auf dem wenigen beruht, was das Kleiner'sche Kupferstichwerk darbietet, und auf den confusen unverlässlichen Angaben der späteren Local-Literatur. Das schöne Kupferstichwerk erschien unter zwei, im Geschmacke der damaligen Zeit sehr langathmigen Titeln, von denen der eine französische mit *„Residences Memorables,"* der andere deutsche mit „Wunderwürdiges Kriegs- und Siegs-Lager des unvergleichlichen Helden unserer Zeiten" beginnt. Die berühmte Kunstverlagsanstalt Jeremias Wolff in Augsburg, resp. dessen Erben, waren die Unternehmer, der Zeichner der bekannte Mainz'sche Hof-Ingenieur Salomon Kleiner, welcher auch für die gleichfalls in Augsburg erschienenen Wiener Ansichten Pfeffels, ferner nach Angabe des jungen Fischer von Erlach für das schöne Werk über die Hofbibliothek gezeichnet hatte. Das Kriegs- und Siegeslager erschien 1731—40 in 10 Theilen mit 97 Tafeln, welche bloß die beiden Gebäude des Belvederes und dessen Gärten zum Gegenstande haben. Gestochen sind sie von den in Augsburg und Wien ansässigen Künstlern: Sedelmayr, Wangner, Corvinus, Thelot, Probst, Pfauz, Lichtensteger, Graessmann, Mettel, Setlezky, Werlin, Hattinger, Friedrich. In der Einleitung bemerken die Herausgeber, dass Eugen die Vorzüglichkeit seines Geschmacks durch die Errichtung schöner Paläste und die Anlage köstlicher Gärten erwiesen habe. Weil aber der geringste Theil der Menschen nach Wien komme und diese so bewundernswerten Bauten sehe, so hätten sie es sich vorgenommen, dieselben im Bilde darzustellen.

Über den Erbauer, Joh. Lucas von Hildebrand, habe ich zwar ein sehr reiches biographisches Material gesammelt, jedoch, gerade die auf das Belvedere bezügliche Partie ist aus Mangel von Urkunden dürftig, die verstorbene Frau Fürstin Francisca

zu Liechtenstein wusste, wo sich der betreffende Theil des
Eugen'schen Archives befinde, und sprach einmal mit mir davon;
vielleicht ergibt sich später einmal Gelegenheit zu gründlicheren
Nachforschungen.

Was wir heute schon wissen, habe ich gewissenhaft zusammengestellt. Der Prinz fieng zwar schon 1693 an, die Grundstücke an sich zu bringen, aber es scheint, als ob doch erst 1714 die Arbeit recht aufgegriffen worden wäre. Und zwar begann man mit dem unteren Gebäude, dessen Frescogemälde das Datum 1716 haben. Auf dem Kupferstich von Delsenbachs „Prospekte," 1715, sehen wir neben dem fertigen Schwarzenberg-Palais das untere Gebäude noch erst im Bau begriffen, mit Gerüsten umgeben, von dem oberen und dem Garten aber noch keine Spur. Im oberen Palaste gibt das Chronostikon des Altars in der Kapelle das Jahr 1723 und Baron Pöllnitz, welcher 1719 in Wien weilte, sagt damals von dem oberen Gebäude, dass man gegenwärtig noch daran arbeite.

Sehr oft hört man heute noch bei Künstlern und anderen die Meinung, dass der Architekt des Belvederes Fischer gewesen sei, auch in vielen Büchern steht das unrichtigerweise. So hat der leichtsinnige Franz Gräffer ein albernes Novelettchen ersonnen, in welchem Eugen in Gegenwart Mariettes, des Dichters J. B. Rousseau und General Bonneval mit Fischer im Stadtpalast wegen des Belvedere unterhandelt. Mariette kritisirt die Ideen der beiden Fischer, Vater und Sohn, als allzukühn und reich, — ganz im öden Sinn der trostlosen Baubureau-Architekten, in deren Periode Gräffer seine Bücher schmierte, und wirft ihnen vor, dass die Menagerie im Belvederepark noch nicht fertig sei, während die fremden Thiere doch schon auf dem Wege seien; dabei wird nun von der Winterreitschule als fertigem Bau gesprochen, der aber erst 1735 vollendet stand; der im Gespräch anwesende Fischer d. Ä. müsste somit bei der Gelegenheit schon 12 Jahre todt gewesen sein. So sieht unsere bisherige Wiener Kunstliteratur aus! Nun coursirt aber noch ein anderes Geschichtchen: die Hofpartei der Althan, der Schlick, der Gallas, welche dem

Prinzen alles Mögliche in den Weg warfen, sollen den Grafen
Mansfeld-Fondi veranlasst haben, Eugen sein Palais und seinen
Garten neben dem Belvedere zu bauen, um ihn zu ärgern. Der
Architekt dieses Palais, — heute bekanntlich Schwarzenberg,
war auch Fischer, der gleichzeitig schon Entwürfe zum Belvedere
geliefert hätte. Als nun der Prinz das erfuhr, hätte er ihm erzürnt
die zerrissenen Pläne des Belvederes vor die Füße geworfen
und an seiner statt Hildebrand den Bau übergeben; diese Er-
zählung steht aber auf schwachen Beinen, das Schwarzenberg-Palais
konnte man dem Belvedere gewiss nicht aus Bosheit daneben-
setzen, einfach, weil es schon lange fertig war, eho man mit dem
Bau des letzteren begann, das Märchen entstand, weil man eine
dunkle Erinnerung hatte, dass Etwas dem Prinzen zum Ver-
druss neben seinen Park gestellt wurde, nur war dies nicht das
Schwarzenberg-Palais, sondern die Kirche der Salesianerinnen
auf der andern Seite. Schon Keißler und Baron Pöllnitz, zwei
norddeutsche Protestanten, machen schlechte Witze darüber, dass
der Prinz nichts in seinem Garten thun könne, ohne von den
Nonnen belauert zu werden, und dass die Tugend der letztern
dort manches für ihre Gemüthsruhe Gefährliches schauen könnte.
Überdies spricht sich in der Sage aber noch ein dunkles Be-
wusstsein davon aus, dass Fischer und Hildebrand zwei Rivalen
waren. Denn in der That, nachdem ersterer in Salzburg jahre-
lang für den Erzbischof Grafen Thun-Hohenstein zahlreiche
Prachtbauten errichtet hatte, erklärte sich dessen Nachfolger,
Reichsgraf Harrach, für Hildebrand und überträgt diesem den
Bau von Mirabell. In der Concurrenz für die Karlskirche schlägt
ihn aber wieder Fischer aus dem Felde und es musste Hilde-
brand gewiss tief schmerzen, als seinen schönen steinernen
Triumphbogen am Ende des Kohlmarkts nach nur 16jährigem
Bestand Fischer jun. demolirte, um dort den Bau der neuen
Burg zu beginnen, und zwar nach dem Plane seines verstorbenen
Vaters, während Hildebrand schon 1702 ebenfalls ein Modell
zu einem neuen Burggebäu erfolglos entworfen hatte. Es gibt
sogar Zeichnungen einzelner Theile des Belvederes mit der

Signatur Fischer, aber das sind nur Studien des jüngeren Fischer, welcher bekanntlich für das Werk der vornehmsten Paläste Wiens, Architekturen allermöglichen fremden Künstler aufgenommen hatte. Als Urheber des Belvederes bezeichnet das 1731 erschienene Kupferwerk von Kleiner ausdrücklich nur Hildebrand und der Stil des Gebäudes sagt es nicht minder deutlich, bekundet ferner klar, dass Fischer hiemit nichts zu thun gehabt haben kann.

Joh. Lucas von Hildebrand stammte von deutschen Eltern in Genua, wo er 1666 geboren ist. Seine Studien weisen auf Italien und auf Paris, schon sein Vater war Officier und auch er trat 1695 freiwillig als Ingenieur in die damals in Oberitalien und Neapel kriegführende Armee. Ein General Eugens, Graf Philipp Bräuner, empfiehlt ihn dem Prinzen, der ihn zeitlebens sehr schätzte. Der Künstler ließ auch einen Sohn Eugen taufen. 1701 wurde er Ingenieur bei Hofe. Seit 1704 arbeitete er mit Anguissiola, Marinoni u. a. an dem großen Plane von Wien, baute 1709--1713 das Palais Daun (Kinsky) auf der Freiung, ist seit 1710 für Salzburg thätig, baut 1712 den erwähnten Triumphbogen für Karl VI., in Wien sind mehrere der schönsten Bürgerhäuser sein Werk, welche, wie sein Stil überhaupt, den Übergang von der Barocke zum Rococco zeigen, endlich rührt der grandiose Entwurf zum Stiftsgebäude in Göttweih von ihm her. Hildebrand starb in Wien, 16. Nov. 1745. Als der große Eugen 1736 gestorben war, hatte sein treuer Künstler ihm bei S. Stephan das prachtvolle Leichengerüste errichtet. Das Eine steht fest, dass Hildebrand Eugens Lieblings-Architekt geblieben ist, dass Fischer nach dem Winterpalais nichts mehr für ihn zu thun bekam. Jene Zeit ist für uns leider verhüllter als viel frühere Jahrhunderte; wir dürfen darum nicht vorschnell sagen: also, bestand doch eine Differenz zwischen Künstler und Bauherrn? Auffällig ist es zwar, dass Fischer gerade die gegen Eugen agitirenden Kreise der Gallas, Althan und Schlick besonders begünstigten, aber auf der andern Seite entsteht seine Karlskirche wieder in so merkwürdiger Ähnlichkeit mit der Superga in

Turin, — jener Kirche, welche gleichzeitig zur Erinnerung an Eugens berühmten Sieg daselbst von Filippo Juvara errichtet wurde, dass man doch einen fortdauernden Verkehr des Prinzen mit dem Künstler annehmen muss.

Ich unterlasse es, die jedem Wiener bekannten Baulichkeiten und Gartenanlagen des Belvederes zu beschreiben. Nicht die Kunstwerke sind ja hier mein Gegenstand, sondern Prinz Eugen als ihr Urheber. Der Garten kam erst spät zustande, denn erst 1717 berief Eugen den Churfürstlich Bairischen Garteninspector Girard aus München, welcher seinem eigenen Garteninspector Anton Zimmer bei Anlage der Fontainen und Cascaden im Stile Le Notres an die Hand gehen sollte. Was wir heute sehen, ist nicht mehr ganz das Ursprüngliche. Die Menagerie links vom Hauptpalais existirt nicht mehr, in dem Nebengarten gegen das Schwarzenberg-Palais hin, sind die herrlichen Laubengänge und die Volièren von kunstreich gefügtem Schmiedeeisen verschwunden, ferner wurde das große Treibhaus gegen den Rennweg in Wohnungen für die Officiere der Garde verwandelt. Der Statuenschmuck aber hat eine wahre Wanderung angetreten. Die acht (merkwürdigerweise schon von Anfang nicht neun!) Musen in dem Mittelgange des großen Parterres standen ursprünglich vor dem Orangenhaus im Seitengarten, neben jenem Wandbrunnen, welcher jetzt bei der Bildergalerie links vom Eingang aus der Heugasse aufgestellt ist. Die vier Gruppen von je zwei männlichen und weiblichen Figuren im Parterre bekrönten früher die Attika des Orangenhauses. Vor der Gartenfaçade des oberen Palastes standen nicht die sitzenden Sphinxen, sondern jetzt verloren gegangene Gruppen, endlich befanden sich in den seitlichen Gängen Hermen und auf den offenen Treppen andere Putti als die jetzigen. Der Urheber dieser Sculpturen war der von Eugen aus Venedig berufene Giovanni Stanetti, 1725 in Wien gestorben, ein tüchtiger Decorationsbildhauer welcher auch den Pestgiebel in der Karlskirche, die Pestsäule in Baden, die Figuren am castrum doloris Josephs I. in der Augustinerkirche nach Entwurf Fischers von Erlach und den noch erhaltenen Marmorsalon im Theresianum geschaffen hat. Die edelste Leistung hat im Belvederegarten sein talentvoller Schüler, der Tiroler Ingenuin Lechleitner, geschaffen, die schöne Gruppe des Hercules mit der Omphale, einer reizvollen weiblichen Gestalt. Ehe Lechleitner zu Stanetti kam, war er seines Landsmanns Jakob Auer Schüler, eines Bildhauers, welcher an der Pestsäule am Graben thätig war und für das Belvedere alle Wasserleitungen einrichtete.

Das untere Palais unterscheidet sich in der größeren Einfachheit und dem strengeren Stil seiner Architektur so merklich von dem oberen, dass ich nicht ganz sicher bin, ob auch hier Hildebrand als Architekt anzunehmen sei. Im Innern waren hier sowie dort die prachtvollen Einrichtungen zu bewundern, welche von dem kais. Rath und Obrist-Schiffamtslieutenant Claude le Fort du Plessy herrühren. Es war das ein geschmackreicher, in solchen Dingen wohlerfahrener Mann, Günstling des kais. obersten Baudirectors und Protectors der Akademie, Grafen Gundaker Althan, in dessen Auftrag er auch die Anordnung der kais. Bildergalerie in der Stallburg besorgt hatte. Althan war vielfach Eugens Rathgeber in Kunstangelegenheiten, obwohl in politischen Dingen gerade dieses Geschlecht zu des Prinzen steten Gegnern zählte.

Treten wir in den hohen Hauptsaal, so stehen wir in einem mit rothem Marmor ausgekleideten Raum; zahlreiche mythologische Reliefs von Stuck und Fresken, sowie Waffentrophäen und lebensgroße Figuren gefesselter Türken füllen die Wände, an der Decke ist ein großes Fresko angebracht, so zwar, dass zuerst eine perspectivisch meisterhafte Scheinarchitektur den Übergang von der wirklichen bildet, dann folgt eine figurenreiche Scene. Diese malte Chiarini, jene sein Schwiegersohn Gaetano Fanti. Wenn einige sagen, das Gemälde stelle den Sturz des Phaeton vor und sei von Solimena, so ist das falsch. Solimena malte nur im oberen Palast, wie wir hören werden, und auf den Phaeton kam man hier irrthümlich nur darum, weil

ein Held unter dem Sonnenwagen dargestellt ist. Ein Genius hält die aus der Aeneide genommene Inschrift:
Magne GenI Cape Dona LVbens LatiqVe faVeto. Vergil.
— was die Jahreszahl 1716 gibt. Eugen hatte bei Peterwardein gesiegt und Temesvar eingenommen, der Papst sendete ihm den geweihten Hut sammt Schwert, — das sind die dona. In den Ecken sieht man Hercules, Jason, Perseus, in den Kaminreliefs Venus bei Vulcan und dieselbe, wie sie Aeneas die Waffen bringt. Das Zimmer rechts war das Schlafzimmer, der gemalte Plafond von Fanti stellt durchaus eine wundervolle Prachtarchitektur vor, in der zwei Bilder Diana und Endymion und Apoll und Klytia schildern, bez. Martino Altomonte 1716, welcher Künstler sonst selten für Eugen gearbeitet zu haben scheint. Nun folgte eine lange Galerie, damals Wintergarten, von der uns Kleiner leider keine Abbildung gibt. Heute sind dort die Waffen der Ambrasersammlung angebracht, alles aber im Anfang unseres Jahrhunderts verändert. In der Ecke folgt ein quadratischer Saal, genannt Chambre peinte en grotesques. Wände und Decke sind al fresco auf weißem Grund mit reizenden Ornamenten und Figürchen bemalt, die Loggien Raphaels in barocker Übersetzung, am Plafond die vier Jahreszeiten in Figuren, die vier Elemente in stilllebenartigen Trophäen. Der Maler ist Jonas Drentwett aus der alten Goldschmiedefamilie d. N. in Augsburg, welcher in Eugen'sche Dienste trat, auch im obern Palais malte, in Wien zur römischen Kirche übertrat und hier starb. Über die Ecke folgt nun die große Galerie, mit braunem Marmor incrustirt, die Decke reich mit theilweise vergoldeten mythologischen Stuccoreliefs geschmückt. Ob sie von Bussi herrühren oder seinem gleichfalls von Eugen berufenen Landsmann Camesina, ist ungewiss, der Marmorschmuck und die Stuccos reichen auch an den Wänden herab, lassen aber sieben Nischen frei, in welchen Statuen stehen. Sie sind noch vorhanden, von den Schränken der Ambrasersammlung ganz verdeckt. Ich habe sie aber gesehen und damit eine gar merkwürdige Sache. Auf dem Stiche Kleiners sind sie dargestellt, und zwar so, dass drei von ihnen durch ihren streng antik-

classischen Charakter sich von den vier andern, barocken, sehr abheben. Bei näherem Zusehen gewahrt man, es sind das die berühmten drei weiblichen Gewandstatuen des Augusteums in Dresden, die sogenannten Vestalinnen, oder wahrscheinlich Porträtstatuen hoher römischer Damen. Eugen erhielt sie als Geschenk des prince Elboeuf, sein Dankschreiben dafür vom 1. Februar 1713 ist noch vorhanden. Nach Kleiner hätten sie also in dieser Halle unter vier Barockfiguren gestanden, jedoch, man hat Ursache daran zu zweifeln, dass solches je wirklich der Fall gewesen wäre, und zwar aus dem Grunde, weil heute noch sieben barocke Statuen die Nischen füllen. Nun könnte man das wohl erklären, weil die drei Antiken nach Eugens Tode wegkamen; ihre drei barocken Ersatzmänner könnten etwa von wo anders hergenommen sein. Dem widerspricht aber, dass alle sieben heute dort befindlichen Figuren, sichtlich zusammengehörig, vielleicht von derselben Hand sind, auch im Masse übereinstimmen, und weil Prinzessin Victoria, deren Gebaren beim Verkauf der Vestalinnen wir noch kennen lernen werden, in ihrer schmutzigen Habsucht, bei ihrer Abneigung gegen Wien, gewiss sich einer solchen Pietät und Munificenz nicht schuldig gemacht haben dürfte. Später können die Figuren aber aus Stilgründen nicht sein. Man muss also annehmen, dass die Stiche Kleiners, wie so oft, nicht nach der Wirklichkeit, sondern nach den Architekten-Entwürfen gemacht sind; dass man später aber anderen Sinnes wurde, für die Marmorgalerie von Anfang gleich sieben neue Statuen bestimmte, die drei Antiken aber wo anders standen; eine Tradition behauptet, in der Karyatidenhalle des oberen Schlosses, welche auch wirklich drei Bogenstellungen hat. Die marmornen Barockfiguren gehören zu den schönsten, welche Wien besitzt, ihren Meister habe ich gefunden. Es ist Domenico Parodi in Genua, von dem wohl bekannt war, dass er einen Adonis und eine Ariadne für den Prinzen geliefert hatte. Beide mythologische Herrschaften stehen noch mit ihren Collegen hinter den Kästen der Ambrasersammlung und harren mit verschiedenen weniger vornehmen Personen sehnsuchtsvoll auf den Tag der

Ubersiedlung ins neue Hofmuseum, und sie zwar, um wieder frei in den Saal schauen zu können.

Die sog. Vestalinnen wurden 1706 in einem verschütteten Gewölbe zu Portici gefunden, sie gehörten der vom Vesuv zerstörten Stadt Herculanum an. Nach Winckelmann ließ sie Eugen, den er einen großen Kenner der Künste nennt, in einer eigenen sala terrena im Belvedere aufstellen, das kann dieser Raum oder auch die Halle oben sein. Dass Kleiners Blatt nichts beweist, zeigt der Umstand, dass er dieselben drei Figuren nochmals groß in seinem Werke darstellt und zwar, geschmackvoll genug, auf den die Menagerie darstellenden Tafeln, wo sie sicher niemals postirt waren und sich ihre hoheitsvollen Gestalten unter den Mandrillen und Pavians sehr gut ausnehmen! Als Prinzessin Victoria auch diese Perlen veräußern wollte, bemächtigte sich der Künstler Wiens ein Sturm der Entrüstung. Die Akademie und alle übrigen Künstler sahen ihnen, sagt Winckelmann, betrübten Blickes nach, als man sie nach Dresden führte, der Bildhauer Mattielli formte sie vor dem Scheiden noch in Thon ab, folgte ihnen später selber aber in ihre neue Heimat. Zu alldem kommt, dass die reizende Dame diese Kostbarkeiten auch noch um eine ganz unbeträchtliche Summe an August II. weggab. Ich möchte ausrufen: Gab es denn damals in Wien Niemand, der eine so kleine Summe für Schätze aufgebracht hätte, welche unserer antikenarmen Stadt heute zur Zierde gereichen würden? — wenn wir nicht genug Ähnliches auch heute noch erleben würden!

Auf die Marmorgalerie folgt das eine der schon geschilderten, lieblichen Goldcabinete, die chambre de conversation. Ihre Decke, Luna und Endymion vorstellend, ist plastisch von Stuck und zugleich ganz bemalt, eine sehr interessante Leistung, deren Urheber ich aber nicht kenne. Auf der linken Seite des Hauptsaales ist noch das kleine Buffet, ganz mit farbigem Marmor überkleidet, zu sehen, die folgenden Räume: Speisesaal, zweiter Flügel des Wintergartens und das Bilderzimmer wurden ganz umgestaltet. Auf den Tafeln bei Kleiner stellen sie sich aber in alter Pracht, mit kostbaren Tapeten, Möbeln und Stuccaturen ausgeziert dar. Im obern Gebäude hatten und haben nur Parterre und Noble-étage künstlerischen Schmuck, das zweite Geschoß diente zu Domestikenwohnungen u. dgl. Vor dem prachtvollen Portal auf der Seite des großen Teiches stehen die Gruppen zweier Rossebändiger, welche folgende kleine Geschichte haben. Der sehr tüchtige, bei den Bauten der Erzbischöfe vielbeschäftigte Bildhauer M. Bernhard Männl in Salzburg hatte 1695 für die sogenannte Cavalleriekasern-Schwemme dortselbst einen Pferdebändiger gemacht, welcher Eugen so wohlgefiel, dass er ihm 7000 fl. bot. Der Patriotismus des Künstlers wollte das Werk aber nur in seiner Vaterstadt wissen und er lehnte ab, gab damit doch dem Prinzen aber die Idee zur Anbringung ähnlicher Rossebändiger im Belvedere. Das imposante Stiegenhaus hat kolossale figurale Stuccoreliefs, die zwei Statuen in den Nischen bei Kleiner scheinen nie ausgeführt worden zu sein. Im Hauptsaale malte die Decke Carlo Carlone, das architektonische Beiwerk wieder Fanti. Carlone stammte aus einer vielverzweigten, für Österreich sehr bedeutenden Lombardischen Künstlerfamilie, mit Hildebrand, Parodi u. a. gehört er zu den aus Genua von Eugen berufenen Meistern. Er hat für den Prinzen auch in Schlosshof in der Capelle gemalt. An Stelle der jetzigen Porträts Maria Theresias und Josephs II. ober den Kaminen waren hier unter Eugen große Thierstücke zu sehen. Die drei folgenden Säle rechts, wo jetzt die italienische Schule aufgestellt ist, die Antichambre, der Conferenzsaal und das Parade- oder Audienzzimmer, hatten und haben noch in der schön ornamentirten Decke je ein großes Leinwandbild allegorischen Gegenstandes von dem Römer Jacopo del Po (1654—1726). Mit diesem gewandten Meister und seinem Schüler Francesco Solimena kommen wir zur Gruppe der neapolitanischen Maler, welche Eugen für seine Bauten berufen hat, denn beide waren besonders in jener Stadt thätig. Ein Giuseppe del Po, welchem einige die drei Plafonds zuschreiben, hat nie existirt. Die Beziehungen des Prinzen zu den Künstlerkreisen Neapels datiren aus früherer Zeit, als ihn nahe Verhältnisse mit dem geistvollen Vicekönig von Neapel, Marchese von Carpio, Gaspar d'Haro, Guzman de la Paz, Graf und Herzog von Olivarez, verbanden. Einige Zeit war ja sogar von einer Verheiratung Eugens mit dessen Tochter die Rede. Dieser Mann war Sammler und großer Kunstfreund, sein glänzendes Carnevalsfest zu Neapel hatte del Po's Schwester Theresia in Kupfer gestochen und Fischer von Erlach verdankte ihm als junger Studirender in Rom und Neapel sehr Bedeutendes. In der außerordentlich reich decorirten Capelle hat das Deckengemälde Carlo Carlone, das Altarblatt, Christi Auferstehung aber Solimena gemalt (1723). Solimena (1657—1747) war damals schon 66, sein gleichzeitig mit ihm für das Belvedere thätiger Lehrer del Po schon 69 Jahre alt. Man feierte ihn in Wien wie einen Gott der Malerei, — den berühmtesten Meister des ganzen Erdkreises nennt ihn ein damaliger Wiener Jesuit, — denn seine nach Cortona gebildete, mit Giordano wetteifernde Virtuosität fesselte die Blicke, wie wir sie auch heute noch anerkennen müssen. Im ovalen Goldcabinet des oberen Schlosses malte er in seinen dunklen neapolitanischen Schattentönen sehr effectvoll Aurora und Kephalos im Deckenbilde, die vergoldeten Wandpanneaux prangen mit naturalistischen Blumenmalereien, wodurch sich dieses Goldcabinet von den zwei andern mit ihren Grotteskornamenten unterscheidet. Hier hat sich auch noch der einzige prachtvolle Fußboden von Marqueterie, freilich in furchtbarem Zustande! erhalten. Solimena malte für Eugen auch das riesige Bild der Kreuzabnahme, welches im neuen Museum zur Aufstellung gelangen wird, Auerbachs Copie davon ist bei den Augustinern zu sehen.

Das Werk Kleiners zeigt eine Fülle prachtvoller Details, von denen nichts als die schon erwähnten Marmortische und einige Supraportenbilder von Strudel und Heinitz übriggeblieben sind. Was gab es da aber einst! Das mit Gold- und Silbergefäßen beladene Buffet im Servicezimmer, im Schlafzimmer einen Krystall-Luster im Wert von 20.000 fl., großartige vergoldete

Öfen, Tapeten aller Art, riesige Spiegel, hohe chinesische Porzellan-Vasen, Baldachinbetten, astronomische Instrumente und eine große Zahl Bilder, auf welche wir zu sprechen kommen. Ein Zimmer war ganz mit drap d'or bekleidet, ein anderes mit japanesischen Kunstindustrie-Artikeln ausgestattet, Tapeten mit Blumendessins, Möbeln von vieux-laque, einem Bett von orientalischen Stoffen und vergoldeten Porzellans, — man nannte das zusammen damals allgemein ein indianisches Cabinet. Solche sogenannte indianische Cabinete waren zu jener Zeit unvermeidliche Einrichtungsstücke herrschaftlicher Wohnungen und wir finden sie darum allüberall in den Schlössern der damaligen Vornehmen. Unter „indianisch" verstand man chinesich-japanesisch und ist diese Mode eine Folge des Gefallens, den man an den in jenen Tagen so massenhaft durch holländische Schiffe nach Europa gebrachten Artikeln der ostasiatischen Kunstindustrie fand, den Porzellans, Seidentapeten, Papiertapeten, Lackwaren, Fächern und Serpentinfigürchen, womit die Zimmer der Großen decoriert wurden und woraus sich der Stil des Rococcos in der Folge zum guten Theil entwickeln sollte. In Nymphenburg, Hetzendorf, Schönbrunn wurde derlei eingerichtet. Selbst Fischer von Erlach d. Ä. arrangirte der Kaiserin Amalia in der Burg 1702 ein solches Cabinet und, indem man die Kunstweise des fernen Ostens auch hier imitirte, entstand eine eigene Gattung darauf eingerichteter Künstler, welche sich „indianische Maler" nannten, wie denn z. B. am Wiener Hof damals ein indianischer Kammermaler und dessen im selben Fache thätige Frau vorkommen, welche den sicherlich nicht indianischen Namen Kratochwill führen.

Ein ganz einziger, origineller Raum ist die Karyatidenhalle mit den vier, die Stelle von Säulen vertretenden Riesenfiguren von Mattielli. Rechts und links folgen je ein großes und je ein kleines Gesellschaftszimmer, beide einst ganz mit Architektur- und figuraler Malerei ausgeziert; das noch in aller Pracht erhaltene hat ein mythologisches Deckenbild von Chiarini, es schließen sich die offenen Galerien und endlich die zierlichen Eckrondellen an, welches wieder der Augsburger Drentwett mit Grottesken decorirte. Man trat hier frei in den Garten und hatte das imposante Bild der Stadt mit dem Gebirge vor sich.

Der kunstsinnige Prinz besaß noch zwei hervorragende Sculpturwerke, ein antikes, ein zeitgenössisches. Jenes ist die bekannte, herrliche Gestalt des Adoranten oder betenden Knaben, welcher in der Tiber gefunden und ihm von Papst Clemens XI. zum Geschenk gemacht worden sein soll. Übrigens ist die Geschichte der Provenienz nicht sicher, auch wissen wir nicht, wo Eugen die Figur aufgestellt hatte. Die bereits öfters gedachte und gelobte Erbin verkaufte die Antike an die Liechtenstein und diese an den König von Preußen, man kann sie heute noch im Berliner Museum bewundern. Eine andere Statue, ein Monument aber möchte ich dem Witzkopf widmen, welcher der Entrüstung ganz Wiens über die schmachvolle Wirtschaft der geldgierigen Piemontesin in einem sehr boshaften Pasquille Ausdruck verlieh, das man eines Morgens am Stadtpalais angeheftet fand: „*Est-il possible que de Prince Eugène la gloire — Soit ternie par une si laide Victoire?*"

Friedrich II. liebte die schöne Bronzefigur ganz besonders; sie wurde damals in Sanssouci aufgestellt. Ehe sie von Wien wegkam, ließ der Fürst Liechtenstein einen Abguss davon machen, welcher sich heute noch im Rubenssaale der Bildergalerie im Palais in der Rossau befindet, er ist von Gips und bronzirt. Wenn daher Thiersch glaubt, dass das erzene Exemplar desselben betenden Knaben, welches sich heute in Venedig befindet, diese Liechtenstein'sche Copie sei, so ist das ein Irrthum. Die Figur in Venedig ist eine antike, geringere, aber nicht viel abweichende Variante des Eugen'schen Gusses, wie das schon Hirt richtig erkannt hat. Zwei weitere befinden sich in Florenz. Die herrliche, schlanke Knabengestalt mit den ausgebreiteten Armen und dem begeistert nach oben erhobenen Kopfe ist bekannt genug. Ein Werk der späteren hellenischen Plastik, hat man sie dem Boedas, dem zweiten Sohn des Lysippos, zuschreiben wollen, doch wohl ohne genügende Begründung, wenn schon den Ursprung aus der Lysippischen Schule deutliche Kennzeichen, wie z. B. die kleine Bildung des Kopfes, erweisen. Das Original misst 4' 4" Höhe. Nach einer anderen Nachricht wäre die Figur nicht ein Geschenk des Papstes an Eugen gewesen, sondern hätte sie dieser um 18.000 Fr. von dem Marquis de Belleisle gekauft. Friedrich von Preußen gab 5000 Thaler für dieselbe. Wenn aber Ranke sagt, der Fürst Liechtenstein habe sie von Eugen eingetauscht, so ist das unrichtig, denn sie gelangte erst nach dem Tode des großen Kunstfreundes, der sich gewiss n i e von ihr getrennt haben würde, erst durch die geldgierige Erbin an den neuen Besitzer.

Die andere zeitgenössische Statue hat Kleiner auf seinem Titelblatte abgebildet, sie steht heute in der Karyatidenhalle, dem erst später dahingekommenen Karl VI. von G. R. Donner gegenüber. Der Urheber dieser Verherrlichung Eugens ist der bairische Bildhauer Balthasar Permoser, der in Rom sich an den schrankenlosesten Vorbildern Bernini'schen Geschmacks schulte und dann in Dresden große Thätigkeit entfaltete, ein wunderlicher Kauz, der in jener Zeit der Allongeperücken und glatten Gesichter einen mächtigen Bart getragen hat und eine Vertheidigungsschrift dieses Männerschmuckes verfasst haben soll. Die Composition der Gruppe ist übermalerisch: Eugen steigt auf dem Rücken des gefesselten Neides empor, der Ruhmesgöttin folgend, welche ihm Sonne und Ewigkeitsring vorhält, daneben will Fama in die Posaune stoßen, aber der bescheidene Held hält die Öffnung der Trompete zu, — barocker kann man schon nicht concipiren! Aber die Arbeit ist schön und technisch meisterlich. Schade, dass wir von der Entstehung dieses Werkes nichts wissen: offenbar ist es ein Geschenk, eine Huldigung für Eugen, der sich s e l b e r gewiss nicht so gefeiert hätte. Eine Sage erzählt, der Künstler habe die Arbeit gezwungen gemacht und darum in der Figur des gefesselten Dämons sich selber dargestellt. Hier scheint uns eine ganze, hochinteressante Partie Zeit- und Kunstgeschichte verloren gegangen zu sein!

Bei Kleiner sind in den verschiedenen Zimmern sehr viele Ölgemälde in Rahmen zu sehen, ja es gab mehrere eigentliche

Bilderzimmer und der jetzige große Rubenssaal war die Galerie des peintures. Auch im unteren Gebäude, im Winterpalais und auf den Gütern gab es Bilder in Fülle, denn Eugen liebte die Werke der Malerei und zahlte enorme Summen. Für einen Niederländer, — das Bild stellte eine sterbende Frau vor, — erlegte er 13.000 fl., für „Adam und Eva" von Guido Reni 50.000 fl., für „Salmacis und Hermaphroditus" von Albani 30.000, für eine „Diana mit Endymion" 12.000 fl., für das Bild eines Jägers 12.000 fl. Küchelbeker schätzt den Gesammtwert des eigentlichen Bildersaales auf 200.000 fl. Das sind horrible Summen, selbst für heute! Natürlich verkaufte die Erbin auch die Bilder und es erschien ein Katalog, der heute enorm selten ist, mit dem Titel: „*Catalogue des Tableaux trouvés dans l'hoirie de S. A. Sme le grand Prince Eugène de Savoye. Ceux qui voudront en acheter en gros, ou en detail, pourrons s' addresser au Sr. Vinzelli, Banquier à Vienne en Autriche. Chez Briffaut Libraire à Vienne.*" Der Katalog enthält übrigens nur 178 Nummern, was durchaus nicht Eugens ganzer Bilderbesitz gewesen sein kann, weil wir z. B. wissen, dass nach seinem Tode allein der Herzog von Savoyen über 400 niederländische Gemälde in den zierlichsten Rähmchen erwarb. Wohin ist diese Sammlung gekommen? Viele glauben, weil der kaiserliche Hof nach Eugens Tode das Belvedere kaufte, dass die Bilder des Prinzen sich jetzt in der kaiserlichen Galerie befänden; das ist aber ganz unrichtig: nicht ein einziges außer dem schon genannten großen Bild der Kreuzabnahme von Solimena, welches aber wohl in einer Schlosskirche des Prinzen gewesen sein muss, vielleicht in Schlosshof? Der en gros- und en detail-Bilderhandel der Prinzessin Vittoria scheint gut gegangen zu sein. Wo heute die Werke alle sind, weiß man nicht, nur nach den bei aller Kleinheit sehr scharfen Zeichnungen Kleiners kann man erkennen, dass z. B. der David von Guido Reni jetzt im Pester Museum (Eszterhazy-Galerie) ist, eine schlafende Venus und die Salmacis wahrscheinlich in Dresden u. s. w. Nach den Angaben des Verkaufskataloges befanden sich im Besitze des Prinzen Gemälde folgender hervorragender Meister — außer den bereits angeführten: van Dyck, Tizian, Wouwerman, Isaak van Ostade, Salviati, Goltzius, Procaccini, Breughel, Palma, Cignani, Correggio, Castillo, Potter, Guercino, Padovanino, della Vecchia, Carracci, Brussasorsi, Bourgignon, Mignon, de Heem, Dow, Teniers, Holbein, Mieris, Toomvliet, Both, Rottenhammer, van der Myn, Schalcken, van der Velde, Netscher, van der Werf, Brouwer, Moor, Bolognese, Hooremans, Flammand, Bassano, van Baalen, Griffier, Brill, Seghers, Sachtleven, Fouquet, Savery, Rembrandt, van Bloot, Veronese, Nic. Poussin, Rubens, Lucas van Leyden, Raphael. Der Amsterdamer Joh. Griffier, Phil.Wouwermans Schüler, ist darunter auffallend stark vertreten, nach ihm Sachtleven und Gerard Dow. Nebst den Bildern verschacherte die Erbin auch noch die Medaillensammlung, alles Mobiliar, die Tapeten wurden von den Wänden gerissen, und selbst des unsterblichen Helden höchste Ehrenzeichen, das in Diamanten gefasste Bild Kaiser Josephs I. und der Ehrendegen von Königin Anna von England, wurden weggegeben.

Als Eugen gestorben war, weigerte sich sein dankbarer Kaiser, Karl VI., sein Vermögen dem Fiscus einzuverleiben, was geschehen hätte müssen, da kein Testament vorlag. Er gestattete nur, dass, wie dies bestimmt war, die ungarischen Güter zurückfielen, das Übrige wurde den berechtigten Erben überlassen. Als solche meldeten sich die Bruderstochter Vittoria und ein entfernterer Verwandter Herzog Victor Amadeus von Savoyen, Sohn Emanuel Philiberts. Der Kaiser entschied für Vittoria, später bedauerte er es. Das Belvedere und die Bibliothek sammt Kupferstichsammlung übernahm der Hof gegen eine Leibrente von 10.000 fl., später kaufte Maria Theresia Schlosshof für ihren Gemahl und das Stadtpalais für den Staat, die ungarischen Güter sind heute durch späteren Ankauf Allerhöchste Familiengüter geworden, nur Bellye erwarb Herzog Albert von Sachsen-Teschen um 1,200.000 fl., jetzt gehört es Sr. kais. Hoheit Herrn Erzherzog Albrecht.

Als die kaiserliche Gemäldegalerie unter Kaiser Joseph II.

ins obere Gebäude des Belvederes kam, als im unteren eine Zeitlang die Tochter Maria Antoinettes, die Herzogin von Angouleme, wohnte, als dann seit 1806 die Ambrasersammlung dort aufgestellt wurde, gieng man leider nicht mit derjenigen Pietät vor, welche heute so außerordentlich künstlerisch wertvollen Bauobjecten gegenüber selbstverständlich wäre. Es sind daher verhältnismäßig nur wenige der schönen Deckengemälde mehr vorhanden. Man hat viele von ihnen überstrichen, theils einfach mit Tünche, theils mit langweiligen classicistischen Ornamenten der Empirezeit vertauscht. In dem rechten Flügel der Ambrasersammlung, wo die Waffensäle sind, wurden durch Untertheilung drei Räume aus dem alten Wintergarten gemacht und hier sind sogar, offenbar in der Zeit der Herzogin von Angouleme, ganz hübsche Boiserien im Stile jener späteren Zeit neu hineingesetzt worden. Auf der andern Seite wurden aus dem Wintergarten Beamtenwohnungen gemacht. Unter der Tünche und Übermalung guckt aber auch heute noch die alte Malerei durch, im Saale, wo die Burgundischen Gewänder sich befinden, ist zum Glück Leinwand über die Wände gespannt, unter welcher die prachtvolle Malerei intact erhalten ist. Es kommt somit für die beiden Paläste in nächster Zeit eine wichtige Aera. Die Ausräumung der Ambrasersammlung beginnt schon diesen Winter, das Übrige folgt dann alsbald nach. Es wird dann eine gebotene Sache sein, dass in den beiden Gebäuden, — welchem Zwecke sie künftig auch bestimmt werden mögen, — die sämmtlichen Plafonds und Wände, welche noch unter der Übertünchung vorhanden sind, bloßgelegt, resp. restaurirt werden, was auch sehr einfach möglich ist, zumal wir an den Kleiner'schen Stichen sehr gute Anhaltsmittel für das Verlorengegangene besitzen. Der kaiserliche Hof würde sich auf diese gewiss sehr einfache Weise einen Kunsthort schaffen und retten, wie er heute mit so geringen Mitteln wohl kaum irgendwo noch aus der Vergangenheit auszugraben wäre. Dass dies aber in der allein correcten, pietätvollen Weise geschehe, erfordert nicht nur der hohe Kunstwert des Ganzen, die Seltenheit eines solchen Schatzes und seine

Bedeutung für das Vaterland, sondern es wäre allein schon durch die schuldige Verehrung für die Manen des großen Prinzen geradezu geboten und ist darum überflüssig, zu sagen, dass bei dem feinen Kunstsinn und der eigensten Liebe für diese Dinge des obersten Chefs der betreffenden Hofbehörde die Berücksichtigung dieses gerechtfertigten Wunsches aller Sachverständigen ganz selbstverständlich ist. Die ausgezeichnete, stilvolle Restaurirung des Schlosses Ambras allein schon beweist, dass auch in diesem Falle der allein richtige Weg gefunden werden wird.

Mein Gemälde von Eugens Bedeutung für Österreichs Kunstgeschichte ist nur eine magere Skizze, welcher Details und Farben fehlen. Es musste aber, gleichwie in so vielen Dingen, endlich einmal auch hier ein Anfang gemacht werden, um das Interesse auf den hochwichtigen Gegenstand zu lenken, sowohl bei den Fachmännern, als bei dem kunstfreundlichen Publicum im allgemeinen. Vielleicht hat mancher bei dieser Mittheilung von Eugens kolossalem Schaffen auf dem Gebiete der Kunst sich im Stillen gewundert, dass man von dem Wirken eines so herrlichen Mannes so wenig weiß, so wenig Aufhebens macht? Verdiente doch Eugen eine Ehrenstelle in der Geschichte des Vaterlandes schon als Förderer der Künste, wenn er auch gar nicht sonst noch der Unsterbliche sein würde! Wir unterschätzen aber eben noch immer das Heimatliche und gar viele in Österreich stehen heute noch auf der Stufe des Voltaire, welcher Eugen bewunderte, weil er Kunst und Wissenschaft in einem Lande geschätzt habe, „wo dieselben nichts gelten." Voltaire redet da eben als echter Franzose, der die Donau in den Rhein münden lässt und Leipzig für eine Stadt in Baiern hält, Gott vergebe es ihm! Denn gerade das Österreich jener Epoche war in Kunst und Pracht der einzige Rivale seines Vaterlandes. Aber wir selber sollten unsere Geschichte ein bisschen besser kennen! Ein anderer Franzose, Jean Baptiste Rousseau, hat es glücklicher getroffen, wenn er unter das Bildnis des Prinzen schrieb:

La vertu, la sagesse et l'amour des beaux arts
Firent les fondements de sa gloire suprême.

Wie uns die Geschichte in dem Gesammtbilde des großen Mannes kaum einen leisen Schatten, kaum die leichtesten Schwächen der menschlichen Natur aufgedeckt hat, wie sein Genie alles besiegend, seine Treue felsenfest, seine Bescheidenheit geradezu rührend, seine Leidenschaftslosigkeit bewunderungswürdig, sein Charakter von römischer Erhabenheit war, so würde in diesem Bilde doch das hellste Licht fehlen, wenn wir nicht sagen dürften, — was wir im höchsten Maße erweisen können, — dass dieser herrlichen Seele auch die ernsteste Liebe für Kunst und Wissenschaft innewohnte. Eugen war der gute Genius Österreichs, in den Tagen trübster Noth wie von den gnädigen Göttern herabgesendet, um strahlende Sonnenglut auf das schöne Land zu werfen; er war es auf blutigem Schlachtfeld, er war es auf den blumigen Gefilden der Kunst! Eugen ist aber noch ein Beweis für eine Erscheinung, welche in der Culturgeschichte unseres Vaterlandes seit alten Zeiten eine wichtige, große Rolle spielt. Von Abstammung ein Italiener, von Heimat ein Franzose, wurde er ein Österreicher, vielleicht der größte und beste Österreicher, der seinem erhabenen Kaiserhause je gedient hat! Er liebte sein neues Vaterland mit heißer Glut, er hat es vom Untergange gerettet und zum höchsten Siegesruhm geleitet; er förderte aber auch Kunst und Wissenschaft in diesen Gauen kräftigst. Die Culturgeschichte zeigt uns in so vielen Fällen, dass in diesem Lande von Fremdgeborenen solch mächtige, förderliche Bewegung ausgegangen ist, — man denke an die zahlreichen Italiener in unserer Kunstgeschichte an Kriegshelden wie Montecuculi, Karl von Lothringen, Laudon, an Beethoven, an Füger, an Abraham a Santa Clara, an Gelehrte wie Heraeus, Duval, Jacquin, Garelli, van Swieten und so viele große Männer auf allen Gebieten. Dieser Boden übte eben von jeher eine magnetische Gewalt aus und hat stets große Geister angezogen zu ihrem und zu seinem Vortheil. Durch jene großen Fremdlinge ist stets der rechte Sauerteig herbeigebracht worden, haben sich stets die geistigen Errungenschaften aller Völker dem heimatlichen Element mitgetheilt und das Vaterland gewann von solcher Berührung. Aber alle Fremdlinge, welche Österreich Nutzen schafften, blieben eben nicht Fremdlinge, sobald sie diese Luft athmeten, welche eine so wundersame assimilirende, acclimatisirende Kraft besitzt: sie haben alle aufgehört zu sein, was sie waren, sie sind alle gute Österreicher geworden! Und sie hat darum der Österreicher auch stets liebgewonnen und nie anders betrachtet als wie Landsleute, als wie Zierden der Heimat. Jene großen Fremdlinge, — und Eugen war ein solcher, — welche aufgegangen sind in ihrer neuen Heimat, welche dieselbe mit tiefer Liebe umfassten und mit ihrem hohen Geiste befruchteten, waren nicht von der Gattung Fremder, welche sich immer nur als bedauernswerte Culturmissionäre in unserem Barbarenlande aufspielen. Albrecht Dürer spricht in seinen Briefen aus Venedig von dem Maler Jacob, der von dort nach Nürnberg gezogen war, und bemerkt, er habe die Leute in Venedig seiner spotten gehört; sie sagten: wäre er gut, so bliebe er hier! Und so verhält sich's immer: Es ist nicht das Beste, was in der eigenen Heimat keinen Boden findet und dann in der neuen über die neue schimpft. Was so geartet ist, das thut eben nirgends gut! Der Fremdling Eugen aber hat gut gethan und Gutes gethan. Frankreichs König ersah in Bälde, was sein kurzsichtiger Sinn, sein Übermuth und seine Hochmüthigkeit in Eugen verloren gehen gelassen habe, und Österreich sah einen seiner größten Söhne ihm vom Himmel gegeben. Wenn nun darüber in Bezug auf den Patrioten, den Helden und Staatsmann Eugen nie ein Zweifel bestand, so sind doch erst wir heute in neuester Zeit in der Lage, dasselbe auch von dem Kunstfreunde Eugen zu sagen. Denn solange auch bei uns der alberne Wahn herrschte, dass mit dem Paragraphen des Kunstgeschichts-Handbuches, welcher von der Renaissance handelt, sofort der Greuel, der Ungeschmack, der Zopf und die Verwilderung hereingebrochen sei, solange man vor der Barocke sich die aesthetische Nase zuhalten zu müssen glaubte, — solange war auch Eugen als Kunstfreund eben nur auch so ein in der greulichen Verirrung seines geschmacklosen Zeitalters versunkener Zopf. Heute haben wir aber anders urtheilen gelernt; wir schauen, gerade als Österreicher, mit dem höchsten Stolze auf die Blüte jener herrlichen Kunstweise in unserem Vaterlande, die eben hier so glänzend herrschte, und erblicken auch darin Eugen als echten Österreicher, dass er jene Kunst so sehr liebte, so sehr förderte! Ewige Ehre seinem Angedenken! —